Zunzuncito: Un Cuento del Pájaro Abeja Cubano

Creado por Silvia López

Ilustrado por Verónica Cabrera

Tales and Cuentos, LLC
ISBN 978-1720432593
Impreso a través de CreateSpace.com

La versión digital narrada de este libro se encuentra en el sitio web de Silvia Lopez
www.silvialopezbooks.com/talesandcuentos
Seleccionada como
Best Children's Picture eBook 2017
por International Society of Latino Authors (ISLA)

La autora agradece a
Rafael Hernández y Guillermo Otero
por la asistencia técnica en la creación de esta versión impresa
así como a las profesoras Dra. Fidelia Medina y María Elena Hernández por sus valiosos aportes al texto original.

Para todos los niños

que por más de tres décadas

escucharon mis cuentos

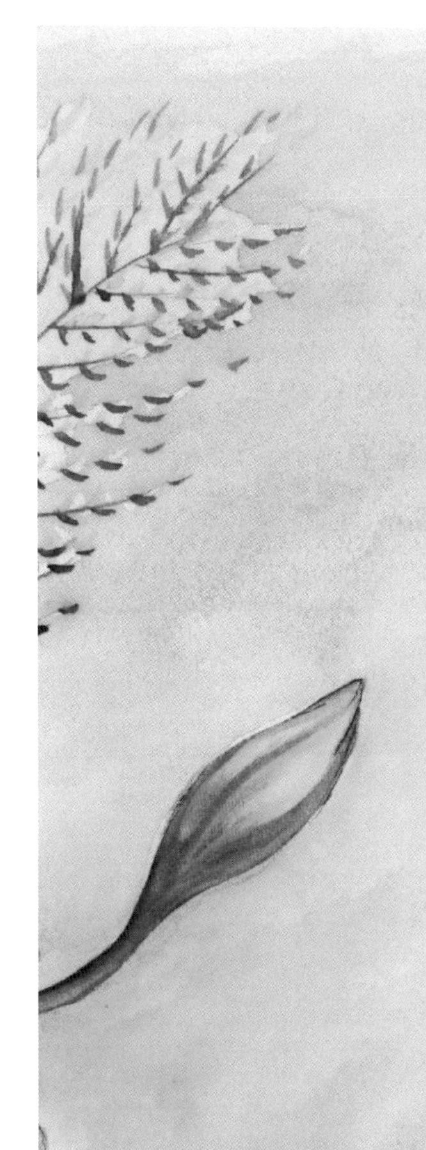

Hace mucho tiempo, cuando el mundo era nuevo, un pequeño pájaro dormitaba entre las ramas de un gran flamboyán.

Al calor de la mañana, el pájaro abrió los ojos y miró asombrado a su alrededor.
—¡Quisiera ver más! —pensó.

Así que abrió sus alas y se remontó a las alturas.

**Vio palmas rectas
como lanzas
ondeando sus
verdes frondas
a las nubes.**

**Y flores matizadas
de rojo
doblegando sus
cabezas ante la
brisa.**

Vio olas, bordeadas con encaje blanco,
retándose por ganar la orilla.

Mientras que un mar liso como cristal
se afanaba por alcanzar a un cielo azul.

–¡Mi hogar es una isla! –exclamó.
–¡Una bella isla llena de colores!

Cansado de volar, el pájaro bajó
a beber de un lento riachuelo.
Se fijó en su reflejo y notó ¡que sus
propias plumas lucían apagadas!

–¿Por qué hay colores por todas partes,
pero ninguno en mí? –se preguntó.

De pronto, la superficie
del agua se onduló,
cubierta en remolinos
de arcoíris.

Era Toa, la Madre Creadora, que lavaba sus vasijas y pinceles en el río.

Había pintado todo en la isla. Pero se había olvidado del pequeño pájaro.

Revoloteándole alrededor, el pájaro exclamó –¡Espera Toa! ¡Por favor, espera! Quiero plumas verdes como las frondas de las palmas, rojas como las flores y azules como el cielo...

Toa lo miró con tristeza.

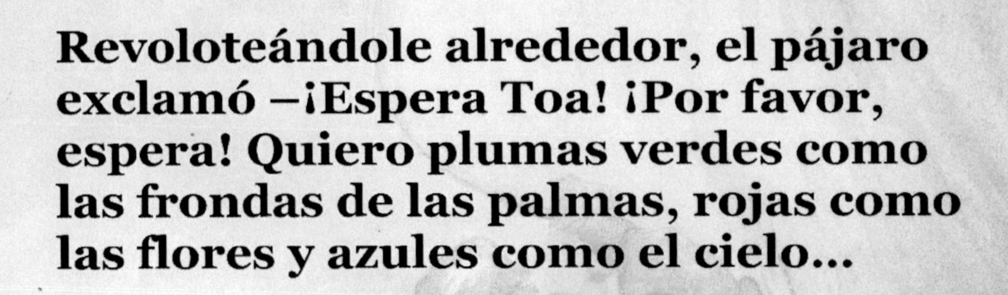

–¡Ay, hijo mío, se han acabado mis pinturas!

Decepcionado, el pájaro bajó los ojos...y vio una gota de rojo dentro de una vasija.

–¡Mira! –dijo. –¿Me lo puedes poner?

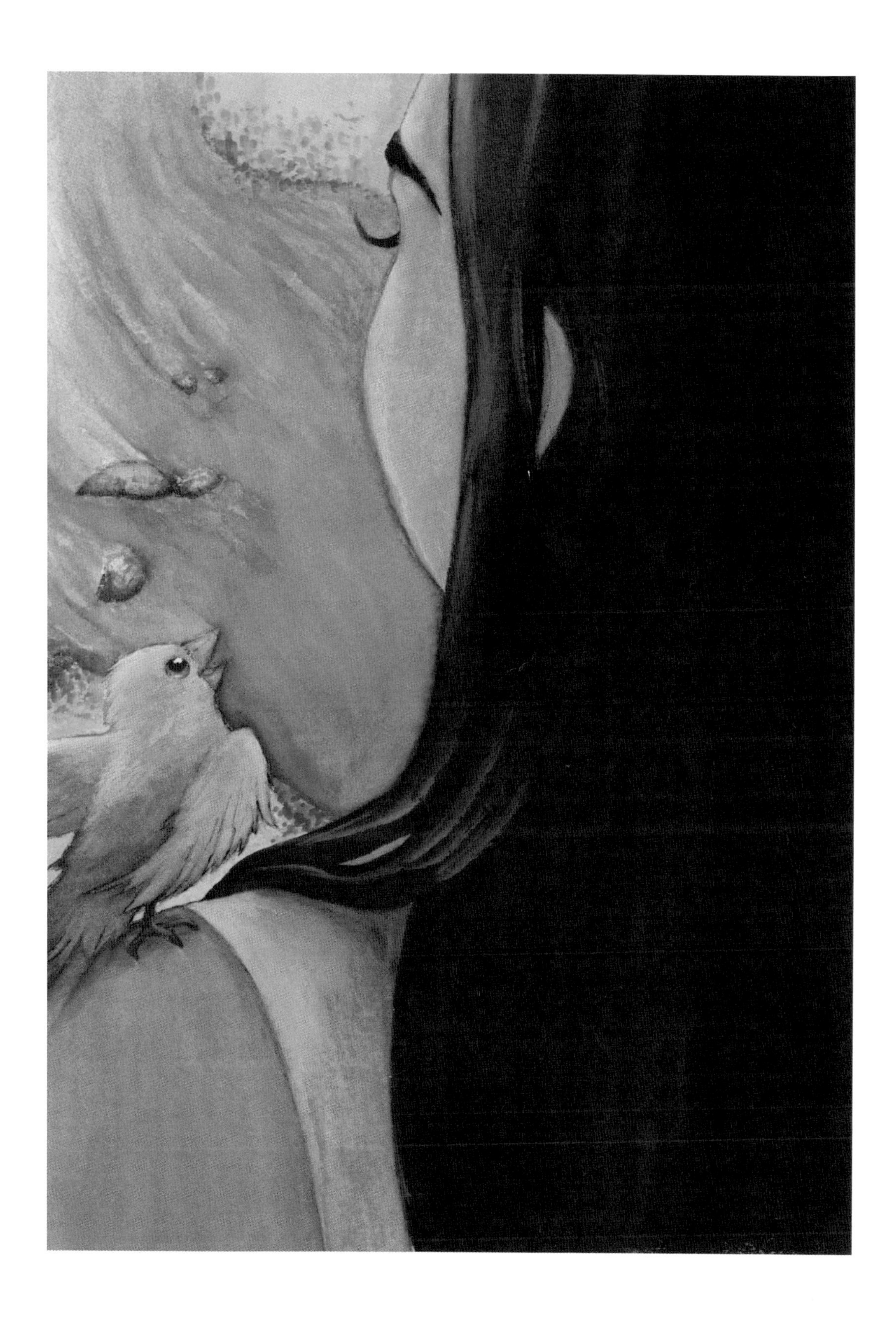

Toa introdujo su pincel, pero solo la punta brillaba con color. ¡No cubriría más que unas plumas!

–¿Y si yo fuera más chico...? susurró el pájaro.

La Madre Creadora dudó por un instante. Mas ella también amaba las bellezas de esta tierra. Ella comprendía el anhelo del pequeño corazón.

–Bien, –dijo. –Probemos.

Primero sopló sobre el pájaro su aliento mágico. Olía a caña y a café.

Y después, le tocó la cabeza con el pincel.

A medida que el color se esparcía, el cuerpo del pájaro se achicaba. Ahora era mucho más pequeño, pero su cabeza relucía con el rojo deslumbrante.

Entonces el pájaro señaló hacia otros potes de pintura. Allí quedaban rastros del verde radiante y el brillante azul.

Toa sonrió.
De nuevo dejó que su aliento corriera sobre el pájaro, esta vez fragante con aromas de piña y de jazmín.

Al tocarle las alas y la espalda con los pinceles, los colores se esparcieron.

¡Y de nuevo el pájaro se achicó!

Pero ya no era tan solo pequeño.
Era diminuto, como una abeja.

¡Una alhaja en miniatura
tan espléndido como su isla!

Toa miró pensativa a su nueva creación. –Has sido muy valiente, mi pequeñito – dijo. –Para compensarte por mi error te haré dos regalos. Ellos te servirán para alcanzar el néctar de las flores.

Así que, por última vez, lanzó sobre él su aliento mágico, que ahora llevaba el perfume de la flor de mariposa.

Y por última vez, el cuerpo del pájaro cambió.

Su pico se alargó.

Sus alas comenzaron a batirse velozmente, permitiéndole quedar suspendido en el aire.

Hacían un peculiar zumbido...

...un suave 'zun-zun-zun'...

¡El pájaro rompió en vuelo lleno de alegría!

Satisfecha, la Madre Creadora dijo, –Nombraré a esta tierra Cuba y a ti colibrí – o zunzún – por el sonido de tus alas.

–Habrá otros como tú, aunque ninguno tan pequeño. Por eso algunos te dirán pájaro abeja. Pero los que más te quieran te llamarán 'zunzuncito.'

Y luego, cuando Toa creó a las gentes de la isla, así fue cómo le llamaron.

Y así lo hacen hasta el día de hoy.

Nota de la autora

El pájaro abeja (Mellisuga Helenae) pertenece a la familia de los colibríes. Es el ave más pequeña del planeta y se encuentra solamente en la isla de Cuba, en el Mar Caribe. Este diminuto animal solo mide acerca de dos pulgadas. Pesa menos que un centavo y pone huevos tan chicos como guisantes.

El pájaro abeja se alimenta mayormente del néctar de las flores, aunque también consume pequeñísimos insectos. Las plumas de la hembra son azul/verde, pero solamente el macho luce los espectaculares colores mencionados en la historia.

Las alas de los colibríes se agitan a razón de 80 a 100 veces por segundo, tan rápido que no pueden ser percibidas por el ojo humano. Su movimiento produce un zumbido, algo como '*zun-zun-zun*.' En muchos lugares del Caribe se les conoce por el apodo de 'zunzún.'

Por su tamaño tan pequeño y por el afecto que le tienen a este singular animalito originario de su isla, los habitantes de Cuba se refieren al pájaro abeja como 'pequeño zunzún' o 'zunzuncito.'

La palabra 'Toa' tiene varios significados en la lengua arahuaca, entre ellos 'madre.'

Los arahuacos eran indígenas que habitaban las islas del Caribe y otras regiones de América Central cuando Cristóbal Colon arribó al Nuevo Mundo en el 1492. Los taínos, un sub-grupo arahuaco que residía en Cuba, admiraban a los colibríes por su valentía y espíritu a pesar de su mínimo tamaño. La misma palabra colibrí viene de la lengua taína. Aunque el cuento *Zunzuncito* es ficción, el pájaro abeja era considerado sagrado en la religión de los taínos y es mencionado en varias de sus leyendas.

Los aromas que el personaje de Toa, la Madre Creadora, lleva en su aliento, son productos típicos de Cuba: la caña, el azúcar, el café, y la piña. El jazmín y la flor de mariposa, esta última la flor nacional del país, emiten sus fragancias por los campos de la isla.

El zunzuncito representado en un sello de correos de Cuba

Zunzuncito fue uno de los primeros cuentos que escribí, y he esperado años para al fin verlo cobrar vida ante mis ojos.

Es mi regalo a todos los niños a quien tuve el privilegio de introducir al mundo de los cuentos por más de tres décadas.

La ilustradora cubanoamericana residente en Miami, Verónica Cabrera, pudo capturar con su increíble talento artístico no solo mi visión de este diminuto animalito, sino también de los bellos colores tropicales de Cuba, isla caribeña donde nací.

Nacida y criada en Miami, Florida, me gradué del Miami International University of Art and Design con título de Bachelor in Fine Arts en Artes Visuales.

Aspiro a convertirme en ilustradora de libros para niños. La naturaleza del sur de la Florida me provee inspiración en mi trabajo de dibujar personajes, fantasías, y todo lo que sea maravilloso.

Además de aprovechar los fines de semana para explorar el mundo al aire libre, me encanta pasar tiempo en mi esquina de pintar con mi alocado gato de tres patas y una taza de café. Mucho, mucho café...

Made in the USA
Columbia, SC
13 October 2020